AF485053

Sangre y ceniza

MAITE MOSCONI

Sangre y ceniza

Relatos de la Gaedheal, 1

Primera edición: noviembre 2018
ISBN: 978-84-09-01192-6

Ilustración: Jorge Luis Pardo Rodríguez
Corrección: Silvia Barbeito
Maquetación: Valentina Truneanu

«Scota le dio un hijo a Nel que se llamaría Gaedheal Glas (…).

Después de vencer al faraón Cingris, el clan de Gaedheal Glas, hijo de Nel, abandonó Egipto y durante más de trescientos años recorrió el Mediterráneo, asentándose en diversos lugares, hasta que por fin llegó a España y formó un reino duradero.

Brath sería su jefe al llegar y padre del mítico *Rí Breogán*».

Libro de las Invasiones

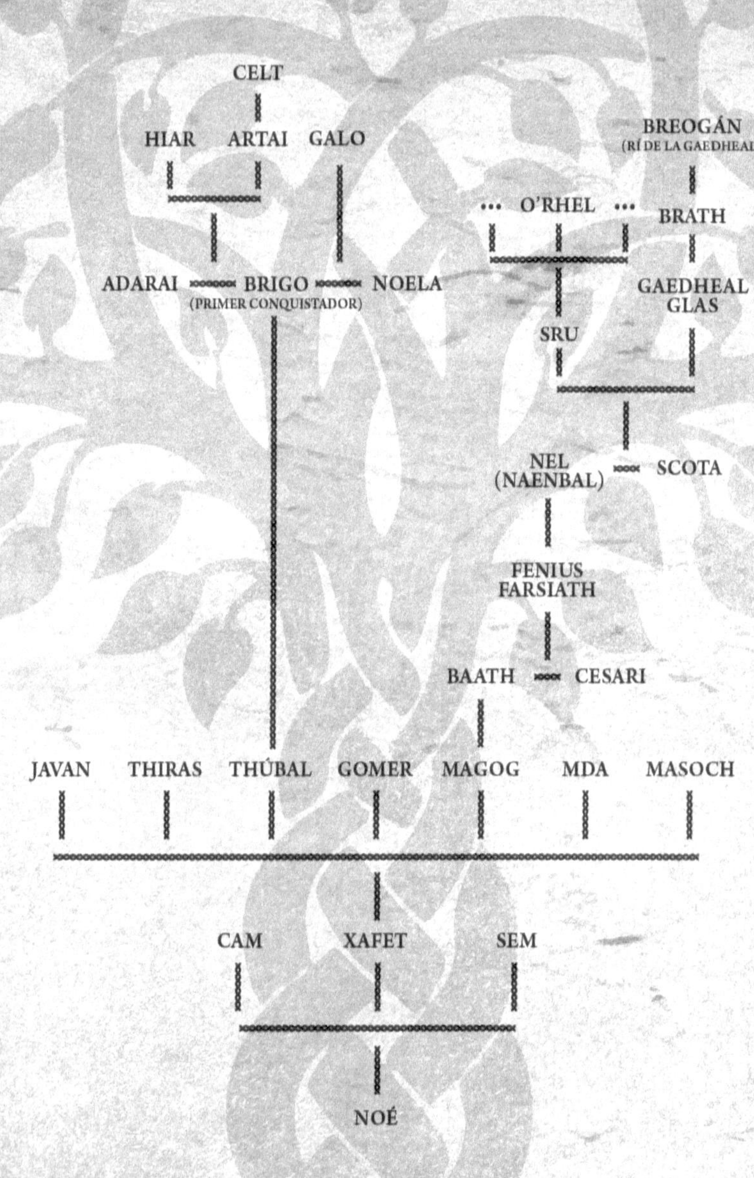

CELT
HIAR   ARTAI   GALO
BREOGÁN
(RÍ DE LA GAEDHEAL)
O'RHEL
BRATH
ADARAI   BRIGO   NOELA
(PRIMER CONQUISTADOR)
GAEDHEAL
GLAS
SRU
NEL
(NAENBAL)   SCOTA
FENIUS
FARSIATH
BAATH   CESARI
JAVAN   THIRAS   THÚBAL   GOMER   MAGOG   MDA   MASOCH
CAM   XAFET   SEM
NOÉ

Esta es la historia del pueblo gaedhil en los territorios de Más Allá del Mar, antes de que Breogán fundara su reino en la tierra de la Gaedheal.

N
NO
NE
O
E
SO
SE
S
Gaedheal
BETHANKÓS
MUNDONNETU
BRIGANTIA
LUCUS
LIBREDÓN
KAPTHORIA
BRETOÑA
PONTHEUS
TIERRAS AURIENSES
TU-IL

1

La sangre de los guerreros que habían perecido bajo la hoja de la espada eran regueros de líneas púrpuras y manchas oscuras que impregnaban su cabello y su piel.

Con la respiración entrecortada y el arma todavía alzada, Nel observó el campo árido y desértico que se extendía ante él, lleno de cadáveres.

El panorama era desolador. La *tierra roja*[1] estaba bañada por ríos de sangre y dolor.

El humo de las hogueras levantaba un olor putrefacto que llenaba sus pulmones, casi impidiéndole respirar.

Cuando en el pasado había conocido la historia de sufrimiento de los hermanos israelitas, Nel, conmovido, había repartido con ellos todo lo que tenía. Pero jamás creyó que ese apoyo se volvería en su contra y

---

[1] Tierra Roja: nombre con el que los antiguos egipcios llamaban al desierto.

terminaría convirtiéndose también en una desgracia para su propia *tuáth*[2].

La ayuda que aportó a Aarón y Moisés en su momento fue considerada una traición por el faraón, y, desde entonces, su clan también fue perseguido por el mismo enemigo.

Tosió mientras intentaba avanzar a trompicones entre los despojos de muertos, sangre y ceniza.

Sí, el faraón había ganado un reino a punta de espada y engaños. Una forma sobre la que ningún guerrero digno debería reconstruir su reino.

Pero el líder egipcio no tenía ningún respeto ni honor y había sumido a su gente en la desolación. Si los dioses estuvieran viendo ese horror, llorarían, y su tristeza traería otra nueva tormenta que arrasaría con todo.

Inspiró con fuerza y escupió en el suelo. El aire estaba lleno de restos que se le metían por la nariz hasta la boca. Intentó no pisar los cadáveres, pues para él todo guerrero se merecía un respeto, fuera del pueblo que fuera.

Guardó su espada en la cintura y retomó el paso mientras lanzaba una plegaria a los dioses. Sintió que alguien se acercaba, siguiendo sus pasos.

—¡*Athair*[3]! —*padre*, escuchó que lo llamaba su hijo en la antigua lengua.

---

[2] *Túath*: nombre celta que significa clan.

[3] *Athair* o *pathair*: padre.

Se giró. Gaedheal y Aarón caminaban hacia él, también sorteando a los difuntos.

Cuando llegaron, Nel abrazó a su primogénito, aliviado y feliz de que hubiera sobrevivido a aquella masacre.

Estaba orgulloso de su hijo Gaedheal. Todavía era joven, pero se estaba convirtiendo en un gran hombre y líder. Su valor lo convertiría en el futuro en un gran guerrero para su pueblo. Estaba convencido.

Gaedheal contempló el desolado paisaje y luego se volvió hacia él.

—¿Crees que tras perder esta batalla se retirarán, *athair*? —preguntó.

Nel entendía las dudas de su joven hijo, así como esa ingenuidad que le hacía pensar que tras esa gran derrota el faraón se rendiría y los dejaría en paz.

Pero las cosas eran muy distintas.

—No —refutó—, regresarán, y con más gente.

—¡Nel! —oyó que lo volvían a llamar.

Y los tres se giraron para ver llegar a Moisés, hermano de Aarón y líder de su casa. Venía dando grandes zancadas, como si, a pesar de la dura batalla, no estuviera agotado y todavía pudiera pelear sin descanso.

Moisés levantó los brazos hacia la llanura.

—He reunido a todo nuestro pueblo junto a la orilla —gritó su amigo mientras seguía corriendo hacia ellos.

—Está bien —contestó él, más tranquilo.

Y mientras trataba de alcanzarlos, Nel retomó el paso. Siempre revisaba la zona tras una batalla, porque quería comprobar cuántas bajas habían tenido en sus filas.

Lo siguieron los tres, detrás, a unos pasos de distancia, hablando entre ellos.

Todavía flotaba en el aire un polvillo de arena que se había levantado durante la contienda, y Nel se cubrió la nariz con el brazo.

Cuanto más avanzaba, mayor era su preocupación. A pesar de haberle ganado al faraón en esta ocasión, su hueste había sido mermada y habían muerto muchos de los suyos. Iban a tardar mucho tiempo en poder recuperarse. Maldijo en voz baja.

Y, entonces, algo llamó su atención.

Junto a sus pies, tumbado en el suelo, desparramado sobre algunos de los cadáveres, había un cuerpo alargado, de piel escamosa y color verde oscuro, pringoso.

Cuando se dio cuenta de lo que era, retrocedió un poco. La serpiente del faraón.

Este animal era la mascota fetiche del líder egipcio y su enemigo sentía una gran devoción por la asquerosa bestia, algo inexplicable, que escapaba a su comprensión, pues esos seres eran muy odiados por sus dioses y presagiaban mal augurio.

Se arrimó de nuevo, con cautela. Yacía inmóvil, llena de barro y parecía muerta.

Los hermanos israelitas y su hijo se acercaron corriendo.

—¿Es lo que creo? —señaló Aarón.

Nel asintió con la cabeza.

Gaedheal, con cara de sorpresa, se acuclilló junto al animal para observarlo bien y, con una mano, lo rozó con cuidado.

—Su piel es áspera —repuso, algo desconcertado—. Y dura.

No había ni terminado de hablar, cuando de repente y para desconcierto de todos, la serpiente, con una agilidad sorprendente, levantó la cabeza, irguió su cuerpo y saltó sobre su hijo, atacándolo.

—¡Gaedheal!

El alarido de Nel fue de auténtico pavor. El miedo lo atravesó y corrió hacia él para ayudarlo. ¡Se había enroscado alrededor de su muchacho y lo estaba estrangulando! La culebra lo envolvía y había ascendido ya hasta el cuello de Gaedheal, apretando sin contemplación en su amarre.

Lanzó otro grito de espanto al ver la palidez en el rostro de su primogénito. Se estaba muriendo, su hijo se estaba quedando sin aire y a pesar de que tiraba con toda su fuerza de la víbora para tratar de separarlos, resultaba imposible.

Todo pasó demasiado rápido y lento a la vez.

Fue Moisés quién supo reaccionar a tiempo. El guerrero, que tenía más cuerpo y músculo que los otros tres juntos, desenvainó la espada, la levantó en el aire y arremetió contra la serpiente con fuerza.

Tuvo miedo, pues una mala estocada podía darle a Gaedheal. Pero su amigo metió su propio cuerpo entre la boca venenosa de la bestia y el muchacho, impidiendo que le ciñera más, y atacó de nuevo.

—¡Ag! —exclamó Moisés, mientras impulsaba el arma contra el animal, blandiéndola como si fuera un hacha, y tras varios golpes, logró partir a la víbora en dos.

Nel, nervioso, agarró el tronco pegajoso del reptil y lo fue desatando de su hijo, hasta que por fin, tras unos instantes angustiosos, este se descolgó de Gaedheal y cayó con un golpe seco.

Los tres se derrumbaron a su vez en el suelo debido al esfuerzo. Les costaba respirar. Aarón murmuró alguno de sus rezos, dando gracias a los dioses por el buen desenlace, y Gaedheal tosió intentando volver a respirar con normalidad.

Nel miró entonces a Moisés y le hizo un gesto con la cabeza.

—Gracias por salvar la vida de mi hijo.

Su amigo le golpeó el hombro.

—Rezo a los dioses para que ninguna otra serpiente os lastime ni a ti ni a tu gente, allí donde habiten tu pueblo y tus descendientes. —Cerró el puño y lo puso sobre el pecho—. Tu honor y amistad valen un reino, Nel.

La oración del israelita se convertiría en profecía.

2

Nel, sentado en el trono de piedra, el *Haythekes*, observaba a los hermanos israelitas con cierta inquietud y preocupación.

Los dos le devolvían la mirada a su vez y el mayor de los hermanos, profeta de su clan, se rascó la barba marrón y gris con cierto desasosiego.

—No te falta razón, Nel —dijo Aarón, poniendo por fin un poco de cordura a la situación—. Si seguimos con esta lucha, no podremos sobrevivir.

—¿Acaso habéis lanzado la razón al río? —preguntó Moisés mirando a su hermano con incredulidad—. Hemos ganado la más importante de las batallas. ¡No podemos rendirnos en estos momentos!

A pesar de ser el líder de su *túath*, el menor de los israelitas a veces era testarudo y le costaba ver las cosas con perspectiva, por eso había alzado la voz, un tanto desesperado por convencerlos en este asunto.

Pero en opinión de Nel, no había más que tratar.

Se inclinó hacia adelante para que le prestara atención.

—Amigo, hemos vencido, sí, pero a costa de nuestros mejores guerreros. Nuestra gente se encuentra débil y sin fuerzas —informó con cierta aprensión—. Debemos ser conscientes de lo que ocurre. No voy a permitir que mi clan se muera en el desierto.

Nunca le había hablado así, pero es que la situación requería medidas drásticas.

—¿En verdad crees que yo no lucharía si hubiera posibilidades de ganar? —añadió, intentando hacerlo entrar en razón—. No me uní a ti para que perdieras esta causa. Pero una retirada a tiempo es una guerra ganada.

Nel percibió su enfado antes de que este lo verbalizara, pero Moisés no se contuvo.

—Te olvidas de que tu pueblo está cansado de ser errante y que desea permanecer en un mismo territorio. En el suyo, a ser posible.

Aunque su discurso no había sido dicho con mala intención, sus palabras lo hirieron.

Apretó los dientes para no contestar mal.

Sí, era cierto. El faraón había echado a Nel y a su *túath* de su tierra, despojándolos de todo de manera injusta y obligándolos a vagar por el desierto.

Pero su amigo solo quería convencerlo por medio de la persuasión y la emoción.

—No es momento para reproches —interrumpió Aarón, como voz de la razón que sosegaba a su hermano—. Debemos ser prácticos. Y yo tampoco voy a permitir que arriesgues las vidas de nuestra gente en una guerra que solo nos conduce a la destrucción.

—¡Pero, hermano! —protestó el líder israelita.

—No, Moisés —lo frenó de nuevo el profeta—. Eres un gran guerrero, apela a tu sabiduría para comprobar lo que te decimos. Que no pueda más tu ansia vengativa.

Aarón hizo una pausa antes de continuar. Lanzó un largo suspiro y se frotó la rodilla que desde hacía unas lunas había maltratado en una batalla, y de la que no conseguía curarse. Luego agarró a su hermano del brazo.

—Acepta el consejo que te da tu amigo con gratitud. Precisamente porque su *túath* fue asaltada y abocada a caminar durante eras por el desierto, sabe de lo que habla. ¿En verdad quieres ver a los tuyos dejando tan solo sangre y cenizas en la arena?

Se produjo un tenso silencio.

Nel no osó decir nada. Cuando estaban frente a una disyuntiva, Moisés siempre necesitaba su tiempo para reflexionar.

Una ligera brisa hizo su entrada a través de las telas que colgaban de la choza, anunciando así la llegada del ocaso. La noche estaba a punto de caer.

Moisés frunció el ceño, pensativo, y se mesó la barba con un gesto muy parecido al de su hermano.

Tras unos instantes, se movió de repente hacia delante, y observó a Nel con un brillo especial en su mirada.

—¿Y si robamos los barcos del faraón?

Ambos, hermano y amigo, lo miraron con expectación, como si no hubieran comprendido sus palabras.

—¿Qué? —preguntó él con sorpresa. ¿Había escuchado bien? ¿Qué nueva idea se le había ocurrido al guerrero israelita?

Moisés palmeó su pierna con brío.

—Tú mismo me lo has dicho, Nel —explicó con entusiasmo—. Vagar por el desierto es una solución, sí, pero es seco, árido, sin agua, y nos puede llevar estaciones y estaciones encontrar un lugar próspero.

Iba a replicar, decir que aquello, aparte de ser arriesgado, era una locura, pero Moisés lo detuvo levantando su mano para poder continuar.

—Además, nadie nos asegura que una vez partamos tierra adentro, el faraón no nos perseguirá. Conoces su tenacidad.

Él frunció el ceño. Era cierto. Sabía cómo era su enemigo, y no se conformaría con la retirada del pueblo de Moisés y de su clan. Iría en su búsqueda.

Tragó saliva y se frotó el cabello con frustración.

—¿Pretendes que le robemos los barcos al faraón? —inquirió, todavía atónito.

—Atravesemos el inmenso mar para encontrar una nueva tierra prometida, lejos de aquí —contestó Moisés—, donde no nos pueda hallar.

Nel no pudo evitar que la idea lo pusiera nervioso.

—Tú mismo lo dices. Escúchate. Inmenso mar. ¿Sobreviviremos a él y a su tempestad? —dijo con reparos.

—Vale la pena intentarlo. —El líder israelita levantó una ceja—. ¿O quieres seguir vagando por la arena sabiendo que tu enemigo está tras tus pisadas con un ejército mayor?

—Mi pueblo no es navegante —reconoció con pesar. Era cierto, siempre habían sido gente de campo y a los que les gustaba construir aldeas. ¿Serían capaces de alzar las velas y cruzar el agua azul?

Moisés se encogió de hombros.

—El nuestro tampoco —informó—, pero si robamos las naves del faraón, no nos podrá seguir y nos alejaremos de él más rápido. Además, el océano es enorme, podríamos estar en cualquier parte. No sabría dónde localizarnos.

Eso era cierto. Y sin barcos, el faraón no podría correr detrás.

Le tocó a él lanzar un hondo suspiro, algo dubitativo.

Miró al profeta.

—¿Tú qué opinas, Aarón?

El mayor de los hermanos abrió los ojos y miró fijamente el suelo, como si estuviera intentando ver más allá.

—Vale la pena intentarlo. Y si sale mal, siempre tenemos la posibilidad de regresar a la tierra roja.

Nel se rascó la cabeza, reflexionando sobre el asunto. Aún no lograba verlo claro.

Le preocupaban muchas cosas. La fortaleza de su gente, cómo manipular las naves, si aprenderían a sobrevivir en mar abierto, los víveres. Había que pensar bien el asunto.

—Lo meditaré —admitió al fin—. Dadme esta noche para pensarlo —solicitó mientras se levantaba.

¿Serían capaces de izar las velas y cruzar el agua azul?

3

La tela de la tienda se deslizó un poco y su mujer entró.

Nel sonrió al verla. Scota eran hermosa y fuerte. Ella era quien guiaba realmente a su pueblo en su ausencia y lo hacía a veces incluso mejor que él mismo. Mostraba siempre una fe y seguridad inquebrantables.

Scota siempre decía: «Gánate la confianza de tu pueblo, trátalos con respeto y hermandad, y así, cuando luches contra el enemigo, ellos mismos estarán a tu lado y jamás te defraudarán».

El guerrero también creía en esas palabras.

Se acercó a él con su gracia habitual, moviendo las caderas bajo la túnica blanca semitransparente que con tanta elegancia se deslizaba sobre su piel, y que le hacía parecer un animal felino.

Cuando ella dejó el cuenco de comida sobre la mesa, Nel la abrazó, introdujo una mano por la abertura de su vestido y acarició sus piernas. Ascendió por su cuerpo mientras la sentaba en su regazo para besarla con ansia.

Scota acarició sus labios con la lengua antes de separarse un poco y mirarlo con sus ojos oscuros.

—Algo te preocupa —le dijo.

No había sido una pregunta. Scota lo conocía a la perfección e interpretaba sus gestos como nadie. Así que Nel resopló, algo intranquilo, y asintió.

—Sí —reconoció—. En este último combate nuestras filas se vieron muy mermadas por el faraón.

Se detuvo un momento para gruñir de nuevo.

—No podemos continuar —susurró, mientras ella lo miraba con pesar—. No tenemos hombres ni mujeres suficientes para hacerlo.

—¿Ni tampoco Moisés? —preguntó ella.

—Ellos, menos todavía.

Scota se fijó en los papiros que había sobre su mesa, con dibujos y mapas, y figuras de madera que Nel había estado estudiando antes de su llegada. Tomó una escultura con su característica desenvoltura y jugó un rato con ella entre sus manos.

—¿Qué suelo decirte, guerrero? —dijo, y luego levantó los ojos de nuevo hacia él —. Cuando todo parezca tan oscuro como la noche, mira hacia donde está la antigua y bella Eríu y...

—...Y espera a ver el sol —terminó él.

Scota se apartó un poco el vestido, dejó sus bellas piernas al descubierto, y se sentó entonces a horcajadas sobre su regazo. Agarró su rostro antes de tomar sus labios y besarlo con pasión.

—¿Lo has hecho?

Abrió la tela de su camisa con cuidado y deslizó la yema de los dedos por su pecho, hasta el cinturón.

Él, atraído por su cercanía, aproximó el rostro y mordisqueó su carnoso labio con deseo.

La escuchó gemir, y sus manos ascendieron por la espalda desnuda de su mujer, apretándola más contra él. Le gustaba ese juego. Siempre se estaban probando a ver quién podía más de los dos. Aunque la mayoría de las veces ella ganaba, reconoció con una sonrisa.

—No —susurró contra su boca—. No lo hice.

Scota le devolvió la caricia y mordisqueó sus labios, antes de sorprenderlo al levantarse de un salto y abandonarlo.

—Pues deberías —indicó ella, agarrándolo del mentón. Nel se perdió en el brillo atractivo de sus ojos—. Los dioses caminan a nuestro lado, así que defiende tu legado con honor.

Como siempre, ella tenía razón. Debía luchar por lo que creía y mantener el legado de los Dioses Padres.

Solo pudo asentir mientras Scota lo soltaba y caminaba hacia la entrada de la tienda. Apartó la tela, pero justo antes de poner un pie afuera, se volvió hacia él.

—No tardes en venir a acostarte. No me hagas esperar, *Ri*.

Y salió al exterior, adentrándose en la noche, ocultándose entre la oscuridad.

4

Seguía sin saber qué decisión tomar.

Le preocupaba el destino de su clan, y la idea de Moisés de robar las naves al faraón le parecía un tanto alocada.

Nel no sabía navegar, ni nadie de su pueblo controlaba este arte.

¿Qué hacer? ¿Partir hacia territorios lejanos? ¿Otra vez?

Durante la mayor parte de su vida, él y su familia habían sido nómadas, intentando recuperar aquello que les pertenecía sin éxito. No habían conocido tiempos de paz. Que sus descendientes tuvieran la oportunidad de prosperar era algo que ansiaba con todas sus fuerzas.

¿Tanto pedía a los dioses? ¿Era tan exigente?

En la penumbra de su tienda, Nel resopló y se frotó la frente con pesar.

Encima de su mesa, la luz de la vela parpadeó. El ambiente cargante del desierto ocupaba la noche con pesado calor, y por tanto no había ninguna corriente, ni siquiera un aliento de aire. ¿Qué había causado por tanto ese pestañeo?

Con la mano, acarició la llama entre sus dedos, jugando, con cuidado de no quemarse.

Y entonces, un destello ocupó la estancia y lo empujó con tal fuerza que lo derribó. Era un resplandor cegador, y Nel tuvo que entrecerrar los ojos para poder distinguir qué era.

Ante él apareció un guerrero de gran altura, espalda ancha y melena dorada como el sol. Tenía un ojo cubierto, y sobre su hombro derecho se posaba un ave de negro plumaje y mirada como el carbón, que no había conocido jamás.

—Levántate, Nel —dijo el desconocido para su desconcierto, llamándolo por su nombre—. Recibe a tu Dios como se debe.

Palideció. Nel, discípulo ilustre, se quedó sin habla y estudió esa visión con detalle.

Conocía la historia de sus antepasados como nadie, y a través del aspecto altivo del guerrero, de la vestidura, de los gestos, se dio cuenta de quién se alzaba ante él.

Esa suntuosidad, su porte, el ojo derecho oculto, el pájaro magnífico, la espada de bronce y plata que colgaba de su cintura, con el símbolo de las deidades en espiral y esa aura poderosa que lo rodeaba, delataban a Dagda, el Dios Padre de todas las cosas y que controlaba el arte de los animales salvajes.

Maravillado, se postró de rodillas con obediencia.

La deidad, con sumo cuidado, como si temiese hacerle daño, colocó una mano enorme sobre su cabeza y algo ocurrió.

Ante Nel apareció la imagen de un inmenso mar cristalino, de brillo intenso y azul claro, que se unía al mismo cielo y se extendía hermoso bajo sus pies. Iba en una bella nave, atravesando las olas, cruzando el océano infinito, y nada más existía en ese sueño que él y ese vacío lleno de agua y sal.

Inconsciente, extendió el brazo ansiando tocarlo, deseando alcanzarlo, comprobar si era verdad; pero el viento azotó su brazo, sus ropas, su melena, su rostro, y así como vino, la imagen desapareció y un golpe lo trajo de nuevo a la tienda, devolviéndolo a la realidad.

Dagda retiró la mano de su cabeza y lo miró con unos ojos del color del mar que había visto. Pero su azul era incluso más intenso.

—Te he mostrado tu destino, Nel. Tu porvenir.

Confundido, observó al Dios. Le costaba respirar y tomó aire con dificultad. El sudor resbalaba por su frente y se pasó el brazo para evitar que las gotas cayeran sobre sus ojos abiertos de par en par.

—Los originarios estamos tristes —continuó el Creador—, porque nuestros hijos luchan como enemigos destruyendo la tierra que se les ha dado.

Él tragó saliva y permaneció expectante, sin atreverse a interrumpir.

Al comprobar que le prestaba atención, el Hacedor reanudó su explicación.

—Demasiada sangre y ceniza sobre la arena como para no hacer nada. —La deidad se detuvo para que él sopesara sus palabras, antes de proseguir—. Por eso, hemos tomado una decisión.

—¿Cuál, Padre? —preguntó, intrigado.

Dagda se encogió un poco para animarlo a levantarse.

—Siempre habéis anhelado conquistar nuevos territorios de más allá del sol, conocer el lugar donde residimos, y asentaros cerca de nosotros. ¡Pero no era vuestro cometido! —le reprochó como si esos actos hubieran sido un gran sacrilegio por parte de los descendientes—. Hasta ahora.

Nel al fin levantó la cabeza y lo miró de soslayo, preocupado.

El Creador entonces le devolvió el gesto con solemnidad.

—La lucha del faraón es injusta y debe detenerse. Tu pueblo ha sufrido demasiado, y, por tanto, merece una justa recompensa.

Un escalofrío le recorrió la espalda y se mostró emocionado.

No había mayor orgullo para un descendiente que ser digno merecedor del elogio de sus deidades, y esas palabras significaban que había hecho las cosas bien. Pero se contuvo y escuchó con cuidado.

El Gran Padre levantó un dedo hacia él.

—Los dioses, que os hemos dado vida y libre albedrío, estamos cansados del odio y el rencor que existe entre nuestros hijos. Debe haber recompensa para el honor. Debe haber justicia para el virtuoso. Aquellos que nos han defraudado no conocerán la paz jamás. Pero tú —lo señaló— has demostrado que un padre todavía puede estar orgulloso de alguno de sus vástagos.

¿Qué le tendría preparado? ¿Cuál sería su sino? Le iba a pedir algo, lo presentía con toda su alma y prestó atención.

Dagda lo agarró del hombro y le dio un ligero apretón de confianza.

—Por haber luchado con valentía, incluso en causas ajenas, tu clan ha sido el elegido, junto con otros merecedores también de tal distinción, a que crucéis el ancho mar hasta la Tierra Hija.

Nel estaba tan conmovido que no supo qué responder ante semejante distinción. El guerrero glorioso hizo una pausa para estudiar su reacción.

—Es un lugar hermoso —le dijo—. De verdes prados y dulce miel, de clima agradable, y no hay serpientes. Además está cerca del hogar de la Eríu. Allí, tu pueblo prosperará y se convertirá en leyenda.

—No puede haber mejor presente para mi *túath*, Gran Dios —reconoció, sobrecogido.

—Toma los barcos del faraón sin miedo, Nel, y viaja a través del mar.

Esta vez abrió la boca, sorprendido con sus palabras y lo observó con verdadero pasmo. ¿Había comprendido bien? ¿Debía aceptar la idea de Moisés?

—¿Qué tierra será esa, *pathair*[4], cómo sabremos llegar? —osó averiguar.

—Cuando estéis en ella, la reconoceréis —aseguró.

—¿Aarón y Moisés? —no pudo evitar preguntar.

—Para ellos hay marcado otro camino y en otra tierra prometida, donde salvarán a su tribu. Allí fundarán su religión.

Nel asintió, y el Dios volvió a colocar una mano sobre su hombro.

—Pero para el privilegio que te otorgo, hay una condición —advirtió.

Frunció el ceño, inquieto.

—¿Cuál?

Dagda lo miró fijamente, con ese azul resplandeciente que tanto lo cegaba.

—Debes prometerme que una vez allí, todas las tribus seréis una, en una sola familia, en una sola *túath*, y que no os pelearéis entre vosotros jamás. No te olvides de esta promesa, *Rí*, y haz que los tuyos lo cumplan pase lo que pase. «Los gaedhil, solo serán dueños de su destino, cuando se unan en un mismo clan». Ese debe ser el juramento de vida, y las promesas de sangre...

---

[4] *(p)athair*: padre en celta antiguo.

—…con sangre se pagan —terminó el proverbio.

—Y jamás se romperán, o con sangre se pagarán —añadió el Dios.

Entonces, el Creador se separó un poco, desenfundó su espada con brío y la calvó en el suelo, frente a él.

—A partir de este momento, yo ordeno que tu pueblo cruce el océano y llegue a esta nueva tierra —sentenció el Dios—. Allí construirá un reino que liderarán tu hijo y los hijos de este, y por eso su nombre será el de Gaedheal.

5

Se habían dividido las naves y a Nel le habían tocado las cinco más pequeñas.

Escondidos en distintos puntos estratégicos del puerto, estaban junto a él Scota, Gaedheal, Sru y su gente.

Algunos portaban víveres. Pero todos iban preparados para una posible contienda con sus ropas de combate y el rostro pintado. Tenían las armas en la mano, sus escudos sobre los hombros, y esperaban su aviso para realizar el abordaje.

Nel observó a los centinelas que custodiaban las naves del faraón y su posición.

Había unos dos vigías por cada barco y otro par en la orilla que se paseaban de un lado a otro del puerto para comprobar que todo transcurría con normalidad.

Escuchó a las gaviotas graznar por encima de sus cabezas, el agua chocar contra la orilla.

Se giró hacia los hermanos israelitas, que se ocultaban tras unos sacos. Era el momento de la despedida.

—Amigo, espero volver a verte en esta vida o en la otra —susurró tendiéndole el brazo de modo fraternal.

Moisés respondió a su gesto y tiró hacia él para así poder abrazarlo.

—Que tus dioses y los míos te bendigan, Nel. El gran sabio de la Torre de Nimrod[5], gran erudito y versado en todas las lenguas —palmeó su espalda—. Tu *túath* siempre será bienvenida entre mi tribu.

—Ha sido un honor luchar a vuestro lado —asintió él a su vez.

Aarón también se acercó.

—El honor ha sido nuestro —dijo el sacerdote antes de estrecharlo también entre sus brazos—. Sin ti no hubiéramos logrado sobrevivir tanto. —Luego lo separó y apoyó la frente en la de Nel—. Bendigo a todos tus descendientes para que encuentren una tierra próspera donde fundar su propio reino, amigo mío.

—Gracias, druida —respondió.

Gaedheal imitó a su padre y, emocionado, se despidió también de sus compañeros.

A partir de ese momento, cada uno se labraría su destino. O bien todos morirían a manos del faraón, o ese día las dos tribus comenzarían a trazar de nuevo su historia.

---

[5] Torre de Nimrod: según el manuscrito *Leabhar Gabhála* (Libro de las Invasiones Irlandesas) y el libro *Los orígenes celtas del reino de Brigantia*, sería la presunta Torre de Babel.

Y puede que los dioses estuvieran de su parte, pero eso no los salvaba de un posible desastre.

Esperó a que los vigías del enemigo caminaran en dirección opuesta a ellos para dar la orden a sus saqueadores de iniciar la incursión.

Al cabo de un rato, cuando ya casi no los distinguían, hizo la señal.

Con el corazón latiendo a gran velocidad, los vio deslizarse con cuidado por el puerto de madera para luego meterse en el agua y saltar hacia las largas naves. Cortaron el cuello de los vigías con una limpieza y en un silencio exquisitos, antes de depositarlos con cuidado en el suelo del barco.

Debían hacer el menor ruido posible si no querían que alguien los avistara desde la muralla y diera la alarma a los guerreros del faraón.

Nel apretaba los puños en tensión y solo cuando los saqueadores hicieron un ademán, abrió las manos con calma y se giró hacia su mujer.

Scota comprendió y, seguida por un tercio de su *túath*, fue la primera en deslizarse por la pasarela hacia la primera nave.

Un escalofrío recorrió su espalda y, nervioso, se aproximó a Gaedheal.

—Somos demasiada gente en el puerto —señaló. Estaba a punto de amanecer, no habían ni llegado las embarcaciones del comercio—. Id detrás y matad a los vigías que fueron a controlar el final del muelle.

Su primogénito emprendió el camino dispuesto a cumplir con su mandato.

Lo vio avanzar de modo sigiloso, seguido de otra parte de su clan. A medio camino sacaron sus armas, espadas y hachas, antes de deslizarse con cuidado dentro del agua.

Los israelitas también habían decidido empezar, y su líder, Moisés, indicó a su gente que lo siguiera hacia la otra parte del embarcadero, hacia las otras naves.

Nel levantó una mano a media altura para indicar a los guerreros que se habían quedado rezagados atrás, con él, que no se impacientaran. Tenían que esperar y cubrir la retaguardia.

Gaedheal y Sru se sacaron de en medio a los vigías que quedaban, y luego subieron hacia sus barcos. Les estaba llevando un buen rato, pero por suerte, Scota casi había terminado ya.

Solo quedaban él y su grupo.

Miró hacia un lado, luego al otro, y tras asegurarse de que nadie los había descubierto, ordenó que lo siguieran.

Caminó agachado, con su *túath* detrás, y al llegar a la orilla indicó a cinco de sus guerreros que fueran primero para así echar una mano a los demás.

No quedaba mucho tiempo para que el sol ascendiera en lo alto, anunciando un nuevo día, y con la luz podrían avistarlos desde la torre vigía o la muralla. Debían apresurarse.

Gaedheal y Scota estaban preparados, con todos a bordo. Solo faltaban ellos.

Intentó apremiar al grupo, pues el sol ascendía rápido y cada vez había más claridad. Pero con los nervios y el apuro, alguien tropezó y se aventuró al agua.

Nel maldijo. Lo atrapó por la camisa para ayudarlo a salir. Extendió el brazo y tiró de él con fuerza para que no se quedara atrás.

Estaba agarrando de él, casi ya en la orilla, cuando, a lo lejos, escucharon el eco de un cuerno cuyo sonido resonó en toda la cala.

¡Esa era la alarma que avisaba al faraón y su hueste! ¡Los habían visto!

Se irguió con el hombre agarrado a su brazo y lo empujó hacia dentro del barco antes de echar a correr.

Ya no había tiempo para ser meticulosos.

—¡A las naves! —vociferó—. ¡Levantad amarres!

Debían partir en ese instante, ¡ya! El faraón no tardaría nada en llegar con sus hombres.

O izaban el ancla, o pronto se convertiría aquello en una masacre.

Con sus gritos, se desencadenó el caos.

Apuró el paso y fue veloz hasta el barco que dirigían sus hijos.

—¡Gaedheal, parte ya! —ordenó.

Este asintió y comenzó a distribuir a la gente para que tomaran los remos. No se detuvo hasta que todos estuvieron en sus puestos.

Escucharon un ruido a sus espaldas y Nel se giró a mirar.

Los hombres del faraón venían ya hacia ellos, cargando con sus armas.

Gaedheal Glas también lo vio y, preocupado, se giró hacia su hermano.

—¡Sru! Reza a los dioses para que nos saquen con vida de este maldito puerto.

El druida, que era el único vestido con túnica y capucha marrón, se acercó a la proa y extendió los brazos en alto.

—Iza las velas, *bráthair*[6] —profirió en respuesta—, los dioses nos empujarán con su aliento.

Gaedheal Glas, espada en mano, cortaba las cuerdas que amarraban su barco al puerto.

—¡Vámonos! —gritó su primogénito mientras apoyaban los remos contra el muelle para empujar la embarcación y así alejarse de la orilla.

Nel no se detuvo, fue hacia el navío de Scota.

Pero para su desgracia, comenzaron a caer flechas flamígeras del cielo.

El faraón había llegado con sus soldados y corrían hacia ellos lanzando saetas. Prefería quemar las embarcaciones antes que ellos se las llevaran. Tal era su maldad.

—¡Scota, los escudos! —advirtió a su mujer, que había sido la primera en atreverse a navegar, y ya estaba algo alejada de la orilla.

---

[6] *Bráthair*: hermano en lenguaje celta.

Tanto Scota como su hijo le hicieron caso y alzaron las corazas, formando una pequeña muralla sobre la cubierta que los protegía del ataque.

Todo se estaba desmoronando, y en un rato la furia del egipcio caería sobre sus espaldas y prendería fuego a los barcos con su gente dentro.

Aarón había saltado del barco y, seguido de algunos de sus mejores hombres, subió la pequeña pendiente para ir al encuentro del enemigo.

Pero Nel prefirió no perder tiempo. No iba a quedarse quieto para morir bajo el ansia de sangre del faraón.

—¡Gaedheal! —volvió a advertir—, ¡sigue a tu madre!

Gritó antes de desenvainar su espada y cortar una de las cuerdas para liberar la nave que quedaba. Luego apoyó las manos en la embarcación y le dio un fuerte empujón para que se hiciera de una vez por todas a la mar.

Les iba a dar alcance. El faraón estaba a punto de atraparlos. Y a él le quedaba embarcar.

Alguien sacó entonces por la borda un tablón de madera, y sin pensarlo, dio un brinco, saltó arriba, y cruzó corriendo por ella hasta la nave antes de que el barco se alejara demasiado.

Cayó hincando una rodilla en el suelo, mientras una docena de flechas sobrevolaban su cabeza. Se irguió con la espada en la mano, a pesar de que estaba sintiendo calambres en las piernas.

Detrás de él y para su horror, lo habían seguido algunos guerreros del egipcio. Fue a su encuentro, a fin de darle así tiempo a su gente para que pudieran comenzar a bogar y alejarse del muelle.

—¡Remad! —los animó—. ¡Remad, *gaedhil*! —exclamó mientras empujaba a un egipcio al agua y atravesaba el pecho de otro con su arma.

Para su sorpresa y consternación, docenas de egipcios se lanzaron con un ágil salto hacia el barco, enganchándose al costado de la embarcación para subir. Escalaron la borda y a estocadas, con hachas y espadas, atacaron a los remeros.

Nel se dirigió hacia allí, seguido de algunos guerreros que habían soltado sus palas para poder defenderse.

Intentaron empujarlos, les dieron de patadas, pero estos se columpiaron con medio cuerpo ya dentro, y algunos lograron entrar. Otros atravesaron el improvisado puente, y su gente tuvo que dividirse en dos grupos, uno para luchar contra los que habían alcanzado la cubierta, otros contra los que todavía escalaban y se aguantaban para trepar y subir.

Alguien agarró su tobillo. Braceó y a punto estuvo de perder pie. Nel le propinó un empujón. ¡Pero no lo dejaba! Entonces asió el arma a dos manos y clavó la punta en la espalda del egipcio, hasta que lo soltó y, rodando sobre sí mismo, cayó al mar agonizando de dolor.

Quiso calmarse, plantear una táctica defensiva antes de que media tropa de soldados egipcios subiera a bordo o peor, alcanzaran la barca a nado.

Pero no tuvo tiempo. Dos guerreros enemigos se levantaron hacia él.

Giró la espada en el aire y se colocó en posición. Vio que una de las cuerdas de las velas colgaba sobre su cabeza, y esperó a que casi le dieran alcance, para engancharse a ella, tomar impulso, darles una patada y derribarlos.

Siguieron el mismo rumbo que el anterior y ambos fueron al agua.

Se descolgó y fue casi corriendo hacia el borde de la nave.

—¡Retirad la pasarela! —clamó, caminado hacia allí a la vez que iba empujando a varios egipcios a su paso.

Otro levantó un hacha en su dirección, y Nel dio una vuelta sobre sí mismo, y rajó el costado de su contrincante. Lo vio caer, roto del sufrimiento.

—¡Remad! —repitió casi sin voz—.

Justo en ese instante, en la orilla, llegó el faraón que buscaba desesperado alguna manera de llegar hasta ellos. Parecía perdido, sin saber qué hacer para atraparlos, y Nel aprovechó su desconcierto para intentar escapar cuanto antes.

Se acercó al borde del navío y junto a sus guerreros, retiraron la madera que había servido de pasarela. Tuvieron que hacer impulso para levantarla y, tras varias tentativas, pues ciertos hombres del faraón seguían encima queriendo cruzar, poco a poco la tabla cedió y terminó por caer al agua, con los egipcios detrás.

Aun así, unos pocos soldados enemigos consiguieron cruzar a nado hacia la barca. Incluso algunos se sujetaron y aterrizaron en cubierta. Les dieron golpes y tortazos hasta que lograron arrojarlos al mar.

Quedaba poco, tan solo un poco. Solo necesitaban alejarse y se verían a salvo.

—¡Remad fuerte, pueblo gaedhil! —gritó con el corazón encogido.

Se acercó a estribor para observar la orilla. ¡Estaban tomando distancia por fin! Estaban cerca de conseguirlo.

Corrió hacia proa para ver a las naves de Moisés y Aarón, que también partían en la otra dirección, por la costa. En cambio, Scota y Gaedheal se abrían camino hacia el océano.

—¡Seguid el rumbo de nuestras naves! —dijo, marcando la trayectoria.

Luego volvió corriendo para contemplar el puerto y asegurarse de que no los perseguían.

Comenzaban a alejarse, y el faraón alzó la mano con su hacha, en señal de venganza, y lanzó un terrible alarido de furia.

Nel casi no daba crédito. ¡A punto habían estado de no salir de aquel maldito puerto con vida! Pero lo habían logrado, y eufórico, lanzó un grito al aire que retumbó contra el del faraón, y que fue respondido de igual modo por toda su gente.

El navío avanzó rápido, dejó el puerto y al líder egipcio atrás, que se hizo más pequeño, como un dibujo en el fondo de un paisaje.

Nel se dirigió hacia la proa, todavía respirando de forma entrecortada. Tras contemplar el agua inmensa que se extendía ante ellos en un enorme paño cristalino, tal como en la visión de Dagda, cerró los ojos, dejó que la brisa fresca acariciara su rostro y tomó aire.

Las palabras de su dios retornaron a su cabeza y sonrió al recordarlas:

«Y en esa tierra tu pueblo construirá un reino que liderarán tu hijo y los hijos de este, y por eso, su nombre será el de la Gaedheal.»

Nel por fin se sintió libre.

Continuará en Gaedheal, Libro 1 de las Invasiones…

GAEÐHEAL
Libro 1 de las Invasiones

Sinopsis

Antes de que la Gaedheal fuese llamada como tal, las almas errantes caminaban noche tras noche por esta tierra en busca de rendición, hasta que alguien las abordó en su peregrinaje...

Los Dioses de la ScrivenЕríu escogieron de entre todos sus hijos a los más nobles y merecedores para habitar una nueva tierra. El hogar prometido, al que llegarían tras varias eras de travesía, se llamaría *Gaedheal*.

Pero durante el viaje, alguien se adentró en este lugar sin su permiso. Un misterioso artesano, maestro de la trampa y el engaño, llegó con el fin de dominarlos a todos y someterlos bajo su mando.

Cuando los dioses se dieron cuenta, no pudieron hacer nada. Era demasiado tarde.

Además, con el paso del tiempo, los distintos clanes se olvidaron el juramento que le hicieron a Dagda. Breogán, *Rí* de esta tierra, intenta cumplir con su promesa bajo la ardua tarea de gobernarlos a todos en hermandad. Pero no es fácil, muchas de las *túath* se niegan a reconocerlo como líder.

Y el misterioso artesano acecha entre las sombras.

Pronto Tiempos de sombra y muerte caerán sobre el pueblo gaedhil. Pronto llegarán tiempos de tristeza y dolor. Que los clanes se preparen...

Bienvenidos al mundo del origen de los pueblos celtas.

Bienvenidos al mundo de la Gaedheal.

Sobre la autora

Soy Maite Mosconi, nací un mes otoñal de 1985 y trabajo como técnica de actividades culturales.

Desde hace un tiempo a esta parte decidí hacer realidad ese sueño que tenía desde niña, y puse todas las ganas en prepararme, formarme y trabajar mi estilo para convertirme en escritora.

Y este es el resultado.

En mis novelas intento transmitir una historia que te atrape, que sea original e intensa, y que no te haya dejado indiferente. Espero haberlo logrado.

Publiqué mi primer libro de fantasía, *Gaedheal, Libro 1 de las Invasiones*, en marzo de 2018. *Sangre y ceniza* es el relato que cuenta el inicio de ese mundo.

Si has pasado un buen rato, búscame en mi página, Twitter, Facebook, Instagram, y anímate a contármelo y a dejar tu comentario en Amazon. Ser autopublicada es complicado.

https://maitemosconi.com
https://www.facebook.com/maitemosconi
https://www.instagram.com/maitemosconi
https://twitter.com/maitemosconi